KB097471

내가 정말이라면

내가 정말이라면

유이우 시집

창비

차
례

008   창문

010   이루지 못한 것들

011   옥상 빨래

012   이제 집으로 돌아가야 할 때

014   우기

016   맹인

018   풍선들

019   오래전의 기린 1

021   비행

023   그 자신의 여름

025   모서리

026   햇빛

028   구구

030   구두

031   오래전의 기린 2

034   모르는 마음

036   성장

038   어린 우리가

040   거실 깨닫기

042   층계참

044   빌딩

046   커다란 새

048   조율

050   미생물

052   침묵에 대하여

054   마을

056   망치

058   지속력

060   그 모든 비행기들

062   여행

064   오래전의 기린 3

069   카프카는 카프카에게로 가려고 했다

070   속력들

072   들판

074   비극성

076   풍경

077   모래

078   흐르는 밤

080   위로

082   초점

084   한 개인의 의자

086   놀이

088   장난

090   시선

092   전봇대

094   소묘

096   운명

098   잊혀지는 것

100   외계

102   구멍

104   오래전의 기린 4

105   전해지지 않는 전할 수 없는 말

107   발문 | 이우성

111   시인의 말

창문

덮어둔 책은
바람에 펄럭이는
옛일이 되었다

이야기들은 이제 집으로 돌아가도 좋다

문고리를 툭 치는 마음으로
살짝 발을 들어

책에서 마음을 풀어주자

옛날 기분은 옛날 기분으로

자꾸만 도착하는 택시처럼
생각과 생각으로 떠났지만

집이 없는 단어가 있어

문고리를 툭툭 치면서

어디로 가야 할지 모르는 마음이

아무 책 속으로나 들어가
그것을 산다면

맴도는 것들은 영원히
다시 맴돌고

풍경이 창문을 회복한다

이루지 못한 것들

오후를 타고
쿠션은 떨어져내린다

너는 화가가 되었구나
너는 화가를 포기했구나

꿈이 널브러진 햇빛
퍼져 사라지는 빛

좋은 날들이 계속되었다
완전히 다른
좋은 날들이 계속되었다

옥상 빨래

나의 오월에게
구름이 없을 때까지
좋아한다.

고양이를 날아보았다

오솔길이 큰길로 달려나간다

셔츠를 알리는 바람

들떠 있는 죽음

높이뛰기 속의 정적

먼지들은 언제나 투신한다

이제 집으로 돌아가야 할 때

자유에게 자세를 가르쳐주자

바다를 본 적이 없는데도 자유가 첨벙거린다
발라드의 속도로
가짜처럼
맑게

넘어지는 자유

바람이 자유를 밀어내고
곧게 서려고 하지만

느낌표를 그리기 전에 느껴지는 것들과

내가 가기 전에
새가 먼저 와주었던 일들

수많은 순간순간

자유가 몸을 일으켜
바다 쪽으로 가버렸다

그리고 이 모든 이야기를
저기 먼 돛단배에게 주었다

돛단배는 가로를 알고 있다는 듯이
언제나 수평선 쪽으로 더 가버리는 것

마음과 몸이 멀어서 하늘이 높다

우기

구름이 내 위로 걸었다
나는 잠깐 멈추면 되었다

기어코 빗방울이 내 발치로 굴러내렸다
나를 대신하여 잘했다

동그라미들은 급하게 헤매이면서 어디로든 가버려

내리막길이 입을 크게 벌렸다
나는 대신하여 아무것도 먹지 않는다

"모두 자기 길을 걷는 것처럼"
"달리 할 말도 없는 것처럼"
어젯밤의 말들도 열심히 굴렀다

곰곰이 있으면 나는 한겨울이다 단단하다
팽팽한 숨이 내 발등에서 어쩔 줄 모르는 것을 본다

구경꾼들은 쉽게 모였다

나는 도로 입을 벌려 훌쩍 내 숨을 받아먹는다
내가 쏟아져내리려 하는 것일까

너무 작아서 마음이 안 닦이는 손수건이다

구름은 글러브를 장착했다
나는 공을 가벼이 받지 않는다

손가락이 여럿이서 춥게
홀로 있었다

맹인

테라스는 숲에 빠져 있다

길 잃은 메아리가

매미 속에서 우는 법을 알고
다시 돌아오는 일

그 일에 대하여
윤곽을 벗어났다가

사람처럼 구는
바람이다

숲이
왔다 갔다 하면서

세상은 세상끼리 떠나가겠지

생각의 통로를 아는 바람의 말들에

테라스의 텅 빈 귀가
햇빛에 잠든다

풍선들

선을 위한 춤을 추었지
네~ 하고 대답하는
물결처럼 춰

하늘 밖으로는 못 가서

죽을 듯 살 듯
다음 생을 꿈꾼다면
어쩐지 조금 더 스웨터의 안쪽으로

안전한 곳을 생각하면
멍해진다
아직 죽지 않아서

어떤 춤들을 아름답게 하는 일이란

오래전의 기린 1

기린이 마음껏 기린이어도 될 만큼의 하늘이었다. 해는 하늘을 걷고 있었고, 그 누군가에게는 뜨겁게 죽어 있는 것처럼 보였다. 마음을 해에 기울여 심장이 타버린 기린이 있다고 했는데, 그것은 오래된 전설이었을 뿐, 기린의 긴 목에는 이야기를 담아둘 수 있는 기분이 존재하지 않았다. 그런데도 사람들은 기린이 무언가 추억하고 있다고 늘 생각했다. 그래서 항상 먼 곳을 바라보는 거라고. 기린들은 결국 해를 따라갈 것이라고. 해를 따라 걸어가버렸던 과거의 기린들은 오래된 전설과 함께 수정될 수 없었다.

오해를 받은 기린들은 밤이 올 때마다 목이 조금씩 줄어들었고, 어느 날 오후에 영원히 사라져버렸다. 그래서 기린은 겨울로 갔다. 해가 없는 곳으로 갔다. 서 있는 채로 그랬다. 겨울은 춥고, 해가 없었고, 달만 있는 곳이라는 것 역시 전설 속에서 들은 일이었다. 기린은 전설을 믿었다.

기린은 얼음으로 온몸을 덮고, 해라는 상징, 뜨겁고 찬란한 죽음이라는 유혹에서 벗어났다. 추웠지만 견딜 만했다. 외로웠지만 견딜 만했다. 여기에는 기린 말고 다른 기린이 없었다. 기린은 자신이 세상에서 가장 고유한 기린인 것 같았다. 그리고 세상에서 가장 고독한 기린 같기도 했다. 기린은 쌓인 눈으로 다른 기린을 만들었다. 캥거루도 만들었고, 나무, 고양이, 주전자, 주전자를 움켜쥘 사람도 만들었다. 기린은 기린만의 세상을 만들었다. 그곳에서는 아무도 뜨거움을 원하지 않았고, 오해가 없었고, 그리고…… 마음이 없었다.

비행

나무는 또
나무를 늘어트리고

잠자리의 비행 속도를 떨어트린다

구름이랑 하늘이랑 누가 더 오래 살까

오랜 습관처럼
나무를 돌아 나가는

비처럼 떨어지는 순간이 있다

거리가 사각형을 나열하는 버릇 속으로

나무보다 작게
세상은 지나다니고

나무가 비키지 않으면 세상이 나무를 돌아 간다

모든 나뭇가지가
어긋난 약속 같아서

나뭇가지가 모두
어긋나기 시작하듯이

그 자신의 여름

계속 튕기고 있었다
공은 꿈이 없나봐

아이는 다른 사람인 듯 자신을 여겼다
이름표에는 칸이 늘 모자랐다

아이가 미쳐가는 속도로 꽃이 피었다

이름이 아주 긴 아이라서
꽃들은 그의 이름을 불러 그것을 멈추게 할 수 없었다

구르던 공을 튕기면

어제보다 큰 기차 소리와
가수면 상태에서의 애수
어김없이 다카포
다음엔 흰 꿩.

계속 튕기고 있었다

모든 여름이 거기에 있었다

모서리

가만히 들어보다가
벽이 심장을 가져갔다

잘못을 가진
등은 벽을 아니까

뼈는 불편해

벽 속을 들어올려

마음으로
몸을 안을 것처럼

벽을 알아내자고
벽에 부딪쳐

먼지들이 가장 낮은 곳에서
손을 잡았다

햇빛

모두 다 손을 잡고
뛰어내렸다

얼굴 가득히
고개가 아픈 옥상

호시절이 저 멀리 기차처럼 지나고

청바지 같은 하늘 속으로
기적이 걸어나가지 않아도

산책이 많은 몸이었습니다

도착할 거라 믿었던 발도 없이
우리들은 늘 세상 속이었고

커지며 사라지며
세상을
고요하게

살아내기 시작했다

구구

구구는 구구를 꾹 누르듯이 하얗다
보이지 않는데도 그렇다
이해할 수 없는 일들로 날개가 돋아나
구구를 떠나게 한다

아무도 구구를 구하지 못했다는 게 구구를 높게 만들고

구구는 구구를 그만두고 싶다

그럴 때면 저녁 놀이터
그네를 타는 곳으로

소리도 만들지 않고
자신을 꾹 눌렀고
흰빛이 계속되는

구구는
죽는 꿈을 꿔본 적이 없지만

그네는
뛰어내릴 기회를 준다

악몽의 반동으로 살아간다

구두

텅 빈 밤을 따라다니던
거리는
서로가 되고 싶어서

노래가 다 되도록

신발 속으로 걸어들어갔다가

기억 밖까지 나가서

돌아왔다

오래전의 기린 2

기린이 지금보다 어린아이였을 때, 기린은 태양 속에 발을 넣어본 적이 있었다. 다리를 들어 발바닥으로 해를 가려본 적이 있었다. 그것은 기린에게 전설에 대한 홀림이나 두려움 때문이 아닌, 그저 공을 차는 듯한 놀이였다. 발바닥으로 해를 가려 해가 없어졌을 때에는 해를 뻥 찬 것 같았고, 다리를 다시 들판에 내려놓아 해가 나타나면, 멀리서 공이 날아오고 있는 것 같았다. 오지 않을 공. 더 가까이 오지 않을 공이지만, 기린은 그 기다림을 즐거워했다.

그래서 기린은 매일매일 그 놀이를 반복했다. 그러니까 태양은, 기린의 어린 나날을 떠올릴 때 가장 먼저 생각이 나는 즐거움이었다. 그런데 어느 날 아주 큰 모자를 쓴 사람이 또다른 큰 모자를 쓴 사람과 들녘을 지나가며 기린에 대해 말했다. 그들은 귓속말을 했지만, 해를 기다리느라 고요히 서 있던 기린의 귀에는 다 들렸다. "기린들은 다 똑같아. 저 기린도 결국 해를 따라갈 거야."

어느 흐린 날이었다. 해가 구름에 가려 거의 뜨지 않자, 기린은 불안해졌다. 오후가 지루해지고, 슬픔이 마음에 가득 찼다. 기린은 고개를 숙였다. 자신의 오른발과 왼발을 번갈아 보았다. 발로 들판의 풀을 세어보았다. 재미있지 않았다. 기린은 해가 보고 싶었다.

다음 날 화창하게 해가 떴고, 기린은 마음이 마구 설레었다. 다시 그 놀이를 시작했다. 발을 들었다가 내려놓고 다시 들었다 내려놓았다. 그런데 그 순간, 자신이 발을 내려놓을 때마다 해 쪽으로 점점 더 가고 있다는 걸 알게 되었다. 기린은 식은땀이 났다. 해를 따라가버렸던 기린들에 대한 전설이 떠올랐다. 해에게 마음을 빼앗겨버린 수많은 기린들이 떠올랐다. 기린은 심장이 바닥에 내려앉는 것 같았다. 기린은 어쩐지 바닥을 평소보다 더 선명히 볼 수 있었다. 해와 놀이를 하는 나날 동안 해에 홀려간 기린들처럼 자신의 목이 점점 짧아지고 있었다는 걸 그제야 알게 된 것이다.

기린은 그때부터 고개를 들지 않았다. 땅만 보았다. 쾌청한 날에도 해를 바라보지 않았다. 고개를 숙이고, 다리를 들지 않고, 그저 풀들 사이로 흩어지는 바람을 바라보기만 했다. 기린은 바람이 몇번이나 풀들 사이를 지나가는지 세어보았다. 바람은 계속 어디론가 사라졌다. 사라져버리는 것을 생각하자, 다시 전설이 떠올랐고, 기린은 심장이 두근거렸다. 그럴 때마다 기린은 해를 미워했다. 해가 싫다고 말할 때마다 해가 보고 싶었다. 해라는 공과 함께 또 놀고 싶었다. 그렇지만 기린은 절대 고개를 들지 않았다. 기린은 해의 영향력을 확실히 느꼈고, 전설을 더 굳게 믿게 되었다. 가끔 해가 뜨지 않는 날 고개를 들고 먼 곳을 바라보곤 했는데, 역시 커다란 모자를 쓰고 들판을 지나가던 사람들은 기린에 대해 이렇게 말했다. "해를 기다리고 있어. 저 기린도. 다른 많은 기린들처럼."

기린은 그 말을 더이상 듣고 싶지 않았다. 기린은 귀를 닫았다. 마음을 닫았고, 마음이 없는 것을 연습하자 정말로 마음이 없게 되었다. 기린에게 차가운 목표가 생긴 것이다. 기린은 바닥으로 둥글게 말린 긴 목의 그림자 속에서 그렇게 어른이 되었다.

모르는 마음

헛바퀴 속에서 여유
부린다

이상한 회전은 커다란
기회라서

떨어트린 물병
뚜껑 구를 때

은근히 공이길 바라면,

그러면 여전히
어떤 동그라미는
내 속에 머물고

보폭을 간직하며
앞으로 나아갈 때

지나쳐간 자리에

나는 얼굴을 겪고
표정을 간직하는 궤적들.

성장

게으름을 안심시키고
게으름을 두드릴 거야

공기가 나뉘면
어른

아이
천재처럼 말하기

지문을 좋아하는 찰흙은
박수 칠 수 없어

날개처럼 앉아 있을 수밖에

그러니 수동으로
봄이 크게 하품한다

너의 손장난도 이제 잠이 들고

칭찬에 갇혀 있던
모든 겨울

종료.

모든 겨울 종료.

어린 우리가

지도를 탈출했었지

강을 툭툭 치면 깊이가 울려 퍼지지

그렇게 파란색 생각이 나

물결은 언젠가 만나고 부딪치겠지만

멀어져갈수록
파란 생각 할 테지만

새벽이 잘 있나 보다가도
첨벙첨벙 낮을 걸어가지

풀이 더 넘치게
바람은 바람을 키우고

불어온다
철봉이 하늘을 외칠 때

우리를 멈추고
구름을 생각해

아침을 찢고

새가 열리는 음악을 생각해

노래를 들을 때 우리는 한명인 것 같다

거실 깨닫기

스토브가 켜졌다
8월에 대해서는 잊어버렸다

지구는 여름을 가지고 있어
주머니에서 그것을 꺼내 보여주곤 한다

필요 없습니다

처음 보는 하얀 발자국처럼 여름을 꾹 누르며 질려가며

납작해진다 지구는
주머니를 떨어트린다

스토브가 꺼지고

거실 벽이 자신의 적막에 쏘일 때
지구가 잠깐 뒤돌아보고

8월은 다시 올 것이다

스토브 주위로

시간이

냄새처럼 남아돌았다

층계참

발자국을 숨 쉬는
계단이다

걸음이 떠나면

언제나 우리의
흐릿한 박자가 남아 있어

올라가면서
내려가면서

우리들은 자기 자신으로 날아가면서
창문을 한번 바라보았다

생각 속에 살다가 푸른 것을
생각 속에 살다가 푸르른 것을

발가락이 다 쏟아질 듯하면서
우리는 우리의 실루엣을 벗어나는 것들과

날으는 새들까지도

간직할 수 없는 세상에서

공중을 낭비하는 기다림

빌딩

벽돌은 무엇을 어디까지 오르지

사람이 자꾸 손을 만나
버튼을 누르는

높이를 멈추게 하기 위해서

엘리베이터는 계속해서 떨어져내리고

난폭해지기도 하면서
점점 순수해지는 공중

바람이 바뀌고
떠나는 소리

헤어나올 수 없는 창문

빛

시간이
갇히고

해방당한다

커다란 새

새가

옥상을 당기며 소리 지른다

소리가 벽에 부딪친다

소음을 따라선 골목을
알아채는 옆들

사람들이 지나가고
포옹을 간직한 허리를 풀어놓는다

따듯한 바람이 부는데
사막은 흩날려도 사막

추운 바람이 부는데
사람은 흩어져도 사람

새는

사람 쪽으로 더 가다가
사람을 두고 왔다는 생각이 든다

소리 지른다

시야를 만끽한다

조율

그저 얼굴이었으면 해

음악을 뿌리치고

버려야 했던
손등과

건반을 외면하는
사물들을
모두 따라가면서

언제나 그 음에
머무르려고

피아노가
음악 바깥으로
나온다

사람의 볼에

닿는다

미생물

마음속에서 뼈가 해체되었다

마음속에는
이파리가 있고

이파리가
이파리 속에서 헤엄치는 법이란……

뼈까지 닿지 않아서

마지막 뼈에서

점점 한가해지는
단 하나의 마음 알아내면

파르르
다가오는 가로등의 위치처럼

지붕 냄새가 환한 밤을 따라다니고

몸통은 팔의
흔들림을 지나

모든 골목이 소중한
모든 소중한 환상

가서 돌아오는 것처럼

살아 있다

침묵에 대하여

액자가 가까이 왔다

계절이 쌓여가는 지붕 아래

블라인드는 다 보았다

눈썹처럼
만지지 않으면 딱딱한 사람들을

등불 같은 일들이
거리를 낮게 지나가는 것을

개가 그러하듯이
참을 수 없는 문틈으로

조금 더 나와보는 것들이

짖지 않도록

벽은 다 보여줘버린다

그리고 흰색처럼 숨어 있다

마을

오후가 웅크리고 펴지지 않았다

아무 말도 소리를 데리고
떠나지 않잖아

사람들마다 그냥 가는 뒷목이잖아

걸음을 비웃는 횡단보도 때문에
골목은 자꾸 걸음을 돌아보는 습관이야

이미 엎질러진 커튼처럼
저녁이 버스보다 더 달려나가고

오후가 떠나면
조금 더 다가오는 별들

송전탑에 귀 기울이면
이상한 노래로 남을 것 같아

열어둔

창문이 깊다

망치

사방으로 허파다

소리가 사라질 때까지 기다리는 원목의 질감이 쑥쑥 자라고 있다

따라잡을 수 없는 환성이었지

돌고래처럼 꿈꾸고
어떤 목도리에서도 목을 느낄 수 없을 때

내 몸에 고여 있는 건 붉은 게 아니고 빨강으로 더 가려는 기분이라서

나사를 다 끼워넣고
쑥스러웠다

아이들이 밀치고 간

케이크 같은 평화

케이크 같은 평화

다른 별에서도 나는
가능할 것 같지 않다

바닥 위에서는 심장이 툭툭 뛰기도 한다

그들이 부럽다
그들이 부럽고 피곤하다

지속력

귀뚜라미가 박자감을 놓친다

바퀴처럼
바퀴처럼

모든 걸 내버려두나봐

리듬이 멈추고 나면

바람은 스스로 놀 수 없을 때
그네를 흔드는 것이라고

깨닫고 우는 날

그만하자
그만하자

완료됨이 흔들거리고

단단한 세상을 잊어

첫 리듬부터 다시 시작하는
매달려 있음

그 모든 비행기들

수평선은 기웃거리다
달에 또 빠지리

자석을 감추면서
공백을 가지고 다니는 일이지

바다가 열리는

그 어떤 피아노도 깨우지 말 것

음악으로 닫아둔 소라껍데기가 흘러나와
늙어버린 주인이 되어
풍경을 다 가져가버려도

조금 더
소리처럼 가보았네

땅이 하늘을 치면

종이처럼 날아가리

여행

링겔의 부드러움

침대의 거기 있음이
하늘의 창가를 던진다

눈보라로 가득 찬
고요를

옆으로 보내면서

눈뭉치를 풀며
태양에 부딪친다

가슴에 박힌 빛을 꺼내면

가슴 위 바퀴
구르는 것 같아

달려나갔던

무릎을
기다려주는 벽이 있다

돌아오는

무릎을 기다리는 벽이 있다

오래전의 기린 3

겨울로 간 기린은 이제 마음껏 고개를 들 수 있었다. 기린이 만든 세상은 평화로웠다. 귓속말을 하지 않는 사람들, 세수를 하지 않아도 되는 고양이, 시들지 않는 나무…… 그 모든 것이 너무도 영원해서, 기린은 평화로웠고 또 지루했다. 영원함은 지루했다. 사라지지 않는, 변하지 않는 것들은 지루했다. 기린은 공놀이를 하고 싶었다. 그래서 쌓인 눈을 단단하게 해서 얼음공 하나를 만들었다. 그리고 얼음공을 발로 차보았다. 자신조차 얼음으로 온몸을 뒤덮고 있었으므로, 공을 찰 때마다 기린의 발이 얼음공과 부딪쳐서 번번이 깨졌다. 기린은 매일매일 얼음공을 만들었다. 어제의 얼음공과 내일의 얼음공은 같다. 어제의 얼음공처럼 오늘의 얼음공도 깨진다. 그러니까 얼음공은 영원하다. 얼음공은 지루하다. 얼음공은 사라졌다가 다시 나타나지 않고, 원하면 언제든 다시 만들 수 있다는 것. 그것이 기린을 지치게 했다. 기린은 한숨을 쉬었고, 한숨을 쉴 때마다 기린의 목을 둘러싼 얼음이 조금씩 녹았다. 그럴 때마다 기린은 목을 다시 얼음으로 뒤덮었다.

공이 깨지고, 발이 깨지고, 한숨을 쉬고, 목이 녹는 것을 반복하면서, 기린은 노인이 되어갔다. 걱정 없는 삶의 한숨. 기린은 점점 더 고독해져만 갔다. 흔들리는 나무를 느끼고 싶었고, 사람들의 말소리가 듣고 싶었다. 기린에게 유일한 온기는 자신의 한숨뿐이었다. 기린이 크게 한숨을 쉰 날, 사람이 조금 녹았고, 나무가 뿌리를 드러냈고, 캥거루의 앞주머니에서 무언가 꿈틀댔다. 생명이었다. 얼음캥거루는 얼음캥거루 나름의 꿈을 꾸고 있었던 것이리라. 기린은 녹기만 하면 자꾸만 얼려버렸던 캥거루에게 미안해졌다. 그럴수록 기린의 몸은 뜨거워졌다. 기린은 엄마 기린이 생각났고, 또 그의 어린 시절, 해의 따뜻함, 들판을 이리저리 지나가던 바람을 생각했다. 기린에게 추억이 생긴 것이다. 기린은 말했다. "좋은 시절이 다 갔나봐." 그 말을 하자 어디선가 웅성거리는 말소리가 들려왔다. 자신의 한숨에 녹은 얼음사람들이 무언가 말하고 있었다. 기린은 그들을 다시 얼리지 않았다. 기린은 말동무가 필요했다. 그러나 사람들의 말소리에 귀 기울이던 기린은 절망하고 말았다. 사람들은 역시나 전설에 대해 수군거리고 있었고, 그중 한 사람은 자신이 전설을 탐험했던 이야기, 전설의 앞까지 가서 전설과 말을 나누었던 이야기를 하고 있었다. "나 전설에게는 엄청난 힘이 있다. 전설인 나 자신조차 전설 속에 있다. 그것을 나는 벗어날 수 없다."라고 전설이 말했다는 것이다.

기린의 그리움이 깊어지자, 얼음으로 만든 주전자에서 물이 흘렀다. 그리고 그 물은 서서히 많은 것을 녹여갔다. 얼음으로 만들어놓은 다른 기린들마저 조금씩 녹아내렸다. 그 모습은 마치 해에 홀려 사라진 그 기린들 같았다. 기린은 사라진 수많은 기린들을 추억했다. 한번도 만난 적 없는, 전설속 기린들을 추억했다. 그러나 기린이 만든 세상의 기린들은 사라지지 않았다. 추억이 없는 기린들. 기린이 만든, 추억할 수 없는 기린들. 기린은 자신의 세상이 텅 빈 느낌이 들었다.

밤이 왔다. 기린은 태양 아래에서 뛰어노는 꿈을 꾸었다. 따듯함이 피부 바깥까지 느껴졌다. 그러나 이것이 꿈이라는 것을 기린은 너무나 잘 알고 있었다. 밤이 올 때마다 따듯한 꿈을 꾸는 바람에, 기린은 이 달콤한 잠에서 깨어날 것을 알았고, 깨어날 때 또 눈물이 흐를 것을 알았다. 그날 기린이 잠에서 깨어났을 때에도, 눈물은 기린의 긴 목을 타고 흘러

바닥에 툭툭 떨어져내리고 있었다. 기린은 그 소리에 잠에서 깨어난 것이었다. 기린은 소리를 발등으로 닦고, 몸을 일으켜 세웠다.

그때 전설이 기린 앞에 나타났다. "네가 전설을 믿었잖아." 그리고 전설은 떠났다. 떠난다는 것…… 그것은 얼마나 경이로운 일인가. 찬란한 일인가. 아름다운 일인가. 노인이 된 기린은 무언가 깨닫는 듯했다. 자신이 진화하는 것 같은 기분에 사로잡혔고, 긴 목이 꿈틀거렸다. 기린은 목을 들어 먼 곳을 바라보았다. 그리고 희미하게, 아주 희미하게 어떤 빛이 보였다. 그것은 태양 빛이었다. 그토록 갈망하던 태양 빛이었다. 어린 시절 고개를 숙인 이후로 한번도 보지 못한 그 그리운 빛이었다. 기린은 전율했다. 기린의 가슴팍이 떨려왔다. 기린은 휘청거리면서 일어났다. 그리고 앞으로 달려나가기 시작했다. 어디로 가는지 모르지만 기린은 달려나가기 시작했다. 기린이 세게 달려가면서 기린이 만들었던 모든 얼음들이 산산이 조각났다. 눈보라가 치다가 바닥으로 물이 되어 흐르고, 나뭇가지에 새잎이 돋았다. 기린에게 바람이 느껴졌다. 기린의 몸을 덮고 있던 나머지 얼음들마저

다 깨져서 날아갔다. 기린은 심장이 터질 것같이 달려나갔다. 자신도 처음 갖는 속도였다. 그렇게 빨리 뛰어본 적이 없었다. 기린의 심장이 기린의 목과 다리 전체에 달라붙어 있는 것 같았다. 기린은 자신을 초월하였다. 자신의 마음을, 초월하였다. 기린은 오랜만에 자신이 기린 같다고 느꼈다. "나는 기린이다. 나는 기린이다……" 마음속으로 울부짖으며, 기린은 자신이 보이지 않는 곳까지 달려나갔다.

카프카는 카프카에게로 가려고 했다

이름 속으로 들어가보려고 하면 잘 안 된다

마음을 간판처럼 걸어놓고
추방당할 때까지 걸었다

낮잠 같은 사람들
차가운 여름을 지나

카프카가 사람들 속에서 터져버린다

횡단보도가 가벼워진다 비워진다

속력들

나는 지진
흔들린 물을 배우네

끝이 보이는 축제처럼
끊어진 마라톤을 배우네

물가에
허리만큼

조도를 낮추는
글라이더를 배우네

솟아오르는 아래

너무 흐르는 차들

두 다리로 가는
지붕과 가까운 나무들

지나쳐 나가던
먼 훗날의 고속도로

그러나 그러나
지팡이를 쉬게 하는 언덕이 있고

바람 때문에
나무는 공평해지고

들판

언덕이 기억 하나를 넘으면
푸른

침묵이 터져나온다

옛날 치마가 가져간 엄마처럼
바람이 흔들려서

이성 연습

별들이 모두 헤어지려 할 때까지
이성 연습

반복이 키득키득 시간을 갉아 먹는다

나는 아스팔트처럼 산을 끝내고
남은 구름

어느덧 향기는 순간의 것이니까

풀이 마음을 놓쳤으면 해

자꾸자꾸
감정을 털어내려고

언덕이 온몸을 흔들었다

비극성

나비가 복도를 흔들고 갔다
나비가 복도를

데리고 떠나지 않았다

긴긴 마음이 창밖까지 이어진다

오후 속에
피가 돌고

잃어버린 나비는 계절을 찾아서

아무 꽃 위에 마구
피어나

꽃과 같아질 것
복도로는 들어가지 말 것

복도가 울려 퍼지며

나비에게로 가는 듯

점점 더 길어지다가
벽에 부딪쳐 운다

비틀거리며 방으로 빨려들어간다

밖으로 나가지 못한다

복도는 조금 더 문의 바깥쪽으로
달려가고 싶어 했다

풍경

악몽들을 배려하느라

나무가 멀리에서 쉰다

나무를 데려가려고
시를 쓰는 게 아니야

방학같이 떠난 일들이
옆길로 새어나가는 걸 봤거든

바다를 다 모아서 건네주었던
새가 사라지는 걸 봤거든

지구가 무겁구나

더 오래 서성이기 위해서

지구가 무겁구나

모래

나는 점처럼 걸어서
사람이 되어간다

그날이 그날 같은 물결 때문에

그 사람처럼 바라본다면
바다를 건너고 싶은 얼굴

개미가 나를 발견할 때까지

구하고 싶은

어떤
소용돌이 속에서

내가 정말이라면

흐르는 밤

천장을 음악으로 돌리고

사각형으로 남겨진 방

파티션 속에서
사람은 사람을 지켰는가

문 닫으면
그걸로 끝인 막대기였어

소매가 보살피는 걸음걸음마다

뒤통수의 입장에서는
얼굴이 어떻게 되든

돌아보지 않던 얼굴들도
돌아보다가

천장을 음악으로 돌리고

불빛이 그것을

불빛이 그
마음을

위로

층계참이 창문 밖으로 날아가버렸다

헤어짐을 위해 저녁이 있는 것 같아

힘을 겨루지 않아

해는 쉽고
어렵지 않고

해는 막차처럼 소중해지는데

마지막 말고는
마지막을 몰라서

머리카락처럼 자꾸
내버려두면

계단이 흘러 흘러 텅 빈

어느 지하는 천장을 다 안아줘버린다

초점

빛이 와
거울을
뒤집어본다

알려지지 않은 평화를

상처투성이로 서 있던 햇빛이
복잡하게 해

흔들리는 중심을

이리 줘
가지고 나와

손등을 느끼며
갑자기 춘 춤

인간이 연해
아이처럼 굴면서

흔들리는 배처럼

기억이 나서

돌아 나오는 어둠

한 개인의 의자

바다는 누워 있다

세월에 온몸을 펼치고 있다

파도는 때때로
뿔의 부드러운 허공처럼

바다가 누워서
일어나지 않는다

바다가 지구를 빠져나가지 않는다

철썩철썩
미래에 지친 달력이 넘어가고

먼저 가보겠다 했던 지평선의 작은 꽃

꽃의 경험에 영원히
다가갈 수 없다

햇살에 마음이 자꾸
빗나가는 창가

아무 일도 없던 것처럼

먼 훗날의 테이블은 의자를 집어넣는다

놀이

공을 굴리며 따돌렸지
지구의 시선을

지구는 춤을 잃고
공 쪽으로 그만 가려고
비틀
둥글어지는 퍼즐이다

공이 이 삶을 튕기며
빠져나갈 궁리를 하니까

미완성 교향곡의 숨은 음표들처럼
자상한 나무처럼

새에게 나무라고 하고
나무에게 새라고 한다

답장처럼 둘이 더 친하게
발음으로 물감을 섞는다

리듬이 번져
지구가 헤매다가

휘파람을 따라다니다가

왕관을 벗는 휴식처럼
지구는 공을 내려놓는다

장난

기분은 얼굴로 도착해

기침이 가득한 상자처럼 흔들리고

온도를 찾아나선 공기를
작은 포클레인처럼 실어다주지

사랑니가 구름도 찢을 것 같아
새를 딛고 구름으로 갈 것 같아

이상하도록
언어가 작아지도록

기침을 따라 도착한 방향이
마음에
번지고

마음이 번지다
쓰러지려 할 때에는

플라스틱 물통처럼
황당함이 튀어오르는

언덕

시선

순간이 총에 맞아
쓰러졌다

순간 쪽으로 먼저 귀 기울인 건 세계였다

해석되지 않으려고 흔들던 숲이었는데
바다였는데

콘크리트에 닿았다

풀과 가위와 여러가지 일들이 있었다

그리고 어떤 시절이 고향까지 가버렸단다

이야기가 등을 돌리자
기억은 목을 잊으려고 먼 곳을 본다

전봇대

감정에 빠진

회전목마처럼
회전목마처럼

오후에 시달리고 있어

생활에 밀려나간 기린들처럼

기린이 기린을 보는 것처럼

오른쪽으로 돌아도
왼쪽으로 돌아도
대단한 공허를

비둘기 소리가 약간
따돌려 날아도

적막은 되돌아와서

펭귄을 낭비하기 위한 빙산 같아

빙산 같아

소묘

밤은 나를 알아내려고
나는 눈을 감는데

별이 자꾸 남아

옛날은 거기에 잘 있어

멀어지는 날들과

목적도 없이
밤이 쉬는 날들

별이 자꾸 남아
나는 눈을 감는데

내일이 시작되면
손톱은 어제의 방향으로 자라고

자신의 반만 살며
돌아 나가는 별들이

떨어져내리는

손등을 놓치면서

사라질 미래를
수건돌리기 하듯이

운명

안개를 뿌리친대도

태양은 그 속에서 태양을 깨닫고

태양이 되지 않으려는 건 몰라

햇빛 속에 앉아
수학처럼 단단해져서

영원, 하고 부르면 계속되는
둥근 느낌들

아니야 흔들어도

노을은 그 속에서 노을을 깨닫고

노을이 되지 않으려는 건 몰라

영원을 도망 다니는

땅의 위치가

포기당하고
모조리 펼쳐진다

잊혀지는 것

기차가 돌고 돌아
햇빛을 모아

자신의 탄생에 대해 화초처럼 생각한다

직선을 따돌려
가벼워지리라

푸르게 불어난 의지는
숲을 만들고

태양은 반드시 숲에
잡아먹혀서
계절이 깊숙하게 떨어져내리면

계절은 슬퍼한다
하늘을
뛰어갈 수 없고

비 젖은 강 같은 지나감과
비가 꽂혀 있는 지나감

햇빛이 기차를 잡았다
놓아서

기차가 몸을 돌려 제 꼬리를 볼 때

자꾸 머물러보았던
더더욱 지나감

외계

실수를 따라 도착한 곳에서
얼룩은 기분으로 살지

어떤 날에 갑자기 날아왔는데

이렇듯 물방울.

철의 반짝임과
해를 위한 달리기

정지한 철봉의 욕망 속으로
해가 비추일 때

어느 날 아침엔 모든 게 결정되어 있었고

얼룩은 기분으로 번져

무언가 말하고 싶은 굴뚝인데

부메랑, 돌아오지 않는

구멍

세계가 자신을 바라보았다

얼마나 더 가야 할지 얼마나 덜 가야 할지 모르는 채로 더
멀리 가버리는 새처럼

세계지도처럼 당당하게

비행기는 날고
구름이 피해 가고

별은 사람을 비추었다

숫자처럼 엉켜 있어
만져지는 허공을

해석되지 않는

세계는 자신을 바라보았다

어느 날 풍경에서는 세계가 틀림없이
멈춰 서고

그래 그런 삶도 있겠지 싶은 골목으로

바람이 걸어나갔다

오래전의 기린 4

기린이 만든, 기린이 만들었던 겨울의 사람들은 그후로 그 기린을 다시는 볼 수 없었다. 얼음이 녹아 흐르는 땅에는 그전보다 더욱더 따뜻한 온기가 솟아 흘렀다. 그곳이 너무 따뜻해서 해는 그곳을 자주 찾아왔다. 그리고 몇몇 새끼 기린들이 햇살 아래에 뛰놀았다. 사람들은 그런 기린을 바라보며 그런 기린을 바라보는 기린을 바라보는 기린들, 혹은 또다른 기린들이 해를 바라보는 것을 구경했다. 아무 일도 없던 것처럼 오후가 맑았다. 해는 매일매일 뜨겁게 떠올랐고, 많은 기린들이 태어나 즐거운 오후를 보내고 있었다. 기린이 마음껏 기린이어도 될 만큼의 하늘이었다. 해는 하늘을 걷고 있었고, 그 누군가에게는 뜨겁게 죽어 있는 것처럼 보였다. 들판의 풀들은 무럭무럭 자라났고, 사람의 키만큼 키가 큰 풀들이 해를 온몸으로 받아들이며, 해의 소리에 귀기울였다. 마음 없이는 살 수 없구나. 마음 없이는 살 수 없구나. 좋은 햇살 아래에 서 있으면 그런 소리가 들린다고 사람들은 말했다.

전해지지 않는
전할 수 없는 말

서툰 바람,
나는 돌아다녔다

너무 낮은 잠자리가

망설이던 언덕을

놓아주듯이

더 높게
하늘과 헤어지면서

현수막으로 펄럭이던 세월들
연기를 타고 가는 세월을

리듬 위에 올라탄 인디언처럼
흔들어보았던 세계를

스스로 안아주면서

몹시
날아다녔다

안녕, 단어

이우성

어떤 시인이 '자유로운 항해'라고 떠올렸다. 그걸 노트에 옮겨 적다가 생각해보니, 자유로운 항해,라고 하면 떠오르는 게 제한적이었다. 그건 별로 자유로운 게 아니었던 거지. 그래서 '자유'라는 단어와 '항해'라는 단어만 골라 '자유와 항해'라고 적었다. '자유로운 항해'와 비슷하면서도 달랐다. 다양한 것들을 떠올리게 한다는 생각이 들었다. 조금은 자유로워졌을까?

그런데 '자유와 항해'라고 적힌 걸 가만히 보고 있다가, 문득, 자신이 원하는 단어는 '자유'가 아니라 '구름' 혹은 '오후'라는 생각이 들었다. 그것은 어떤 이유가 있어서라기보다…… 음, 내면의 발견이랄까? '자유'라는 단어가 시인이 '구름' 혹은 '오후'라는 단어를 찾아가도록 이끌었다. 물론 나였다면 다른 단어를 찾아갔겠지…… 아닌가?

나도 저 두 단어에게 갔을까?

어떤 시인은 '구름과 항해'라고 적고, 옆에 '오후와 항해'라고 적었다. 그리고 시인은 지금 눈에 보이는 이 단어들 자체는 큰 의미가 없다고 생각했다. 처음 그렇게 생각한 것이 아니다. 오래전부터 믿어온 것이다. 그는 '오후와 항해'에 줄을 두번 긋고, 고개를 갸웃거린 후, '오후의 빛'이라고 적었다. 시인은 그렇게 '항해'하고 있다.

어떤 시인은 늘 그렇게 항해한다. 그에게 단어란 대상을 지칭하는 것이 아니라, 대상으로 향하는 여정의 도구 같은 것이다. 시인은 어느 순간 불현듯 됐다고 생각하며 어떤 단어의 항해를 멈춘다. 물론 또다른 어떤 단어는 계속 나아가게 둔다. 그렇게 단어들이 모여 한편의 시가 된다. 그 시를 어떻게 읽어야 하는 거지? 만약 지금 눈에 보이는 단어의 의미를 이어가는 방식으로 읽는다면, 안타깝게도 그건 허무한 일이 될 것이다. 뭐, 그것 나름대로 의미는 있겠지만(아…… 있나?) 그 시의 본질에, 어떤 시인의 본질에 다가가지는 못할 것이다. 그러나 반드시 본질을 발견해야 하는가,라고 물으면, 음, 그러게, 그게 뭐가 중요해?

시의 단어들, 문장들이 어디로 어떻게 나아가고 있는지, 혹은 어디에서 어떻게 왔는지를 떠올리는 편이 훨씬 유익할 것이라는 사실을 우리는 안다. 그러나 모든 사람이 그렇게 할 수 있는지는 모르겠다. 나는 가능하다! 똑똑해서? 뭐, 그런 이유도 있겠지. 하지만 더 정확한 비결(말고 다른 단어가 떠오르지를 않네······)은 애당초, 나는, 눈에 보이는 단어들, 문장들이 어떤 의미를 가지고 있으며 그것들이 모여서 어떤 의미를 만드는지 관심이 없다는 것이다. 나는 어떤 시에서 단어란, 마침내 도착한 어떤 것, 더 멀리 가게 될 어떤 것이라고 믿는다. 물론 모든 시에서 그렇다는 것은 아니고, 어떤 시에서. 그러니까 나는 어떤 시인과 동지인 셈이다. 그래서 이 글을 쓰고 있겠지.

시집은 태어나는 순간, 잊혀가는 항해를 떠난다. 모든 시집이 그렇지만, 어떤 시인의 시집은 더 빨리 정확하게 그렇게 될 것이다. 나는 이렇게 말하고 싶기는 하다. 그러니까 말이야, 하고 싶은 이야기는 따로 있는 거지. 그 이야기는, 뭐랄까, 계속되는 것이며, 끝나지 않는 것이어서, 도무지 단어 몇개로 표현할 수가 없다고. 그러니 오해는 숙명이고, 오해받은 채로 잊히는 것 역시 숙명인 거지,라고 적으면, 나나 어떤 시인을 너무 특별한 존재로 만들어버리는 건가? 그런데 그게 무슨 문제라도? 이 글은 어떤 시인을 위한 것이고, 나는 매우 편파적이니까. 거듭, 어떤 시인의 시집은 더 빨리 정확하게 잊힐 것이다. '정확하게'라는 단어가 무리하게 사용되었다고 느낄 수도 있을 것 같은데, 그런 느낌은 매우 중요하다고 생각한다. 나는 그 단어가 지금 여기에 적혀 있어야 한다고 믿는다. 그 단어 역시 나와 함께 항해하고 있다. 어떤 시인의 시집을 읽는 비교적 바람직한 방법 중 하나는 시집의 단어들, 문장들, 그리고 그 작은 시의 집이 의미의 울타리를 밀어서 쓰러뜨리고 어딘가로 가도록 두는 것이다. 그것은 그렇게 잊히고, 그러면 무엇인가 남겠지. 그것이 무엇인지 누가 알겠어?

그러니까 뭣이 중요한가? 사랑하는 사람의 이름, 사랑하는 물건의 자리, 사랑하는 개념의 기원 같은 것. 어쩌면 오래전에 우리가 잘 알고 있었을지도 모르지만 지금은 완전히 잊어버린 것들. 어떤 시인의 단어는 그것들을 찾아가고 있다. (그렇지, 어떤 시인?) 아마, 영원히 못 찾을 거야.

그러니까 어떤 시인. 나는 네 슬픔을 이해해. 그러나 그것은 내가 특별해서가 아니야. 나는 자주 울고 자주 괴로워. 세상에 나 혼자 있다고 느끼고, 나 말고는 모두가 함께 있는 것처럼 보여. 나 자신이 보잘것없이 느껴져서 암담할 때도 있어. 내가 꿈꿔온 나는 이런 모습이 아니야,라고 생각해. 네가 그렇듯, 나 역시 그래. 그것은 우리가 특별해서가 아니야. 내 친구도, 너의 친구도, 그 친구의 친구도, 다시 돌아갈 수 없는 곳에서 왔어. 자유와 항해, 구름과 오후의 빛, 이 모호하고 정확한 단어들 사이의 무수한 공간 속에 있는 그 세계들.

'어떤 시인'이라는 글자를 지우고 '유이우'라고 적는 게 나의 임무다. 안녕, 단어! 작별 인사일까, 만나서 반갑다는 인사일까? 안녕, 유이우.

李宇成 | 시인

버드나무를 좋아한다. 그렇지만 나는 아무리 손을 뻗어도 그 흔들림을 다 만져볼 수가 없다. 만지는 것은 그에게 실례가 될 것이다. 손이 닿으면 나무는 멈추게 된다.

시가 시에게 가도록 사람이 방해하지 않았으면 좋겠다.

2019년 7월
유이우

창비시선 434

내가 정말이라면

초판 1쇄 발행 / 2019년 7월 12일
초판 6쇄 발행 / 2024년 8월 19일

지은이 / 유이우
펴낸이 / 염종선
책임편집 / 최현우
조판 / 한향림
펴낸곳 / (주)창비
등록 / 1986년 8월 5일 제85호
주소 / 10881 경기도 파주시 회동길 184
전화 / 031-955-3333
팩시밀리 / 영업 031-955-3399 편집 031-955-3400
홈페이지 / www.changbi.com
전자우편 / lit@changbi.com

ⓒ 유이우 2019
ISBN 978-89-364-2434-3 03810

* 이 책은 서울문화재단 '2019년 첫 책 발간 지원사업'의
  지원을 받아 발간되었습니다.
* 이 책 내용의 전부 또는 일부를 재사용하려면
  반드시 저작권자와 창비 양측의 동의를 받아야 합니다.
* 책값은 뒤표지에 표시되어 있습니다.